토담의 수채화

김종대 제2시집

토담의 수채화

한국문인 도서출판

| 시인의 말 |

아름다운 인성의 향기가 그립다.
삶의 의미와 가치관 부재에 무엇을 심고
거두어야 하는 것일까.
간절히 위로 받는 것은 책의 향기를 사숙私淑 하며
인성을 회복하는 것이리라.
바람소리 한 점에도 귀 기울이며 두고 온 날과
살아온 날의 그리움이 자연과 모티브 되어
아픔은 문학을 낳고 문학은 상처를 낫게 했다.
어느 날 분해된 나의 존재를 관조하리라는
겸허한 마음으로 자전적 소재를 형상화하여
두 번째 시집 『토담의 수채화』을 상재한다.
사랑하는 나의 가족과 경암 이철호 이사장님
그리고 「한국문인」 연수원 아카데미 문우
여러분께 감사를 드린다.

2019. 5. 1
수락산을 바라보는 서재에서
토담 김종대 종대김

| 차례 |

제2부 | 여운

제3부 | 잊어버린 시간을 찾아서

제4부 | 가을의 서정敍情

제5부 | 토담의 흔적

제1부

숲속의 숨비소리

산행 시가詩歌

청잣빛 하늘이 열리는
여명이어라

청산의 숨결이 들리는가
산맥의 힘찬 맥박소리 들었는가

밝아오는 아침해에
백두대간은 일어서고

정선 아라리 굽이 돌아
햇빛과 바람은 샘물처럼 맑고 달거니

건너고 오르는 가슴마다 선정에 들어
청산의 영봉들이 우리를 부르네

산이여, 금수강산이여
우리는 더 높이 오를 하늘이 있고
더 멀리 달려갈 지평이 있나니

산하의 품에 안겨
가슴으로 부르는 노래이어라.

시작노트

숲에 들면 내가 보인다.
숲의 날숨이 나의 들숨에
들리지 않던 세상의 소리가 들리고
잠에서 깨어난 아침햇살이
영롱한 이슬방울에 우주가 되살아 나며
몸은 서서히 초록으로 물들어 간다.
생령으로 가득 차 있는 숲은
우리를 슬프게 하는 세속곡조를 위로한다.
자연은 내게 스승이며 노스탤지어다.

수련睡蓮

바람이 머문
호젓한 연못에

푸른 치맛단 펼치고
물의 요정이 영혼으로 피었는가

달빛 그리움 빗어
찬연히 피운 순결한 매무새는

천상의 시간을 여는 아리아
속계와 선계를 잇는 몽환화

단아한 봉오리 사무친 정한情恨은
어느 가슴 간절한 등불이런가

시작노트

산사의 풍경소리 들려오는 호젓한 연못에 소금쟁이들이
열심히 뒷발질을 하며 부채살 파문을 일으키고
물방개는 햇살이 머무는 수련 잎에서 낮잠을 자는 청개구리에게
연신 장난을 건다.
수련의 꽃말은 청순함이며 신비, 결백이다.
박꽃과 달맞이꽃은 밤에만 피고 수련은 한낮에만 피는데
얼마나 잠이 많으면 수련睡蓮이라 했을까.

시골 장날

참빗 머리 고이 빗고
봄 소식을 파는 봉당 할머니
노을빛 무게가 수국처럼 정겹다

쌈짓돈 포갠 듯
햇나물 몇 다발
다 팔아도 얼마 될까마는

빛바랜 은반지에 젖은 그리움
이고 진 세월이 가슴 아리다

나물 좌판 언저리에
산 그림자 스며들어
용돈 몇 푼 타려는 손주같은 할아버지

멋쩍게 웃음 띠는 뒷짐걸음은
인정 익어가는 목로 주막 가시려나

시작노트

세월에 골이 패인 구릿빛 얼굴에 할아버지는 앞서가고
할머니는 햇나물 몇 다발을 머리에 이고 몇 걸음을 뒤따라간다.
할아버지는 농협에서 배추 씨앗과 비료를 사고 해질녘이면
주막집에 모여 이웃 마을 사람들과 농사 얘깃거리를 나누는 것이
시골장날을 기다렸던 농촌의 풍경이다.
저녁 해가 저물어 가며 산 그림자 스며들 때 할아버지는
멋쩍은 시늉으로 할머니에게 막걸리 값을 좀 달라는데…

숲속의 세레나데

산사의 풍경소리
저 홀로 울리누나

휘파람새는
숲속의 음반인 양
제 목소리를
나뭇가지에 올려두고

솔잎은 현이 되어
바람의 노래 부른다

숲의 날숨이 나의 들숨에
보이는 것과 들리는 것은
자연의 숨결 생명의 소리

바위등을 타고 흐르는
계곡 물소리에
목마른 영혼이 젖는다

시작노트

숲에서는 돈이나 버슬이 필요가 없다.
누구나 마음의 여유와 위로를 받을 수 있는 피안의 길이다.
휘파람새는 숲속이 음반인 양 세레나데를 윤창하고
스쳐가는 바람은 솔잎에 현을 켜고 있다.
숲속의 숨비소리, 그것은 태초의 소리였고 생명의 소리였다.
자연은 내게 로망이고 친구가 되곤 했다.

당산 별곡

억겁의 세월
시원始原의 정취는

우주를 노래하는
침묵의 시인이런가

세상을 다 사랑하고도
남을 것 같은 풍요로운 여유

바라만 보아도 편해지는
느티나무 그늘 아래 소박한 인정

고향 떠난 이별가 못 잊어
몸속까지 비운 상흔은

청운의 꿈 기다리며
애태운 흔적이려나

시작노트

어느 시골이나 마을 입구에 시원한 그늘을 만들어
마을 쉼터를 제공하여 주는 성황당 느티나무.
누군가 간절한 소망과 소원이 이루어지기를 빌었을 당산 느티나무.
동심을 키워 오던 그 시절 타향 객지 떠나며
성공하여 돌아오겠다고 뒤돌아보던 고향의 느티나무는
지금 무엇을 말해주려 기다려 왔을까.

장독대에 가을이 오면

영롱한 이슬 터는
투영한 바람이
꽃 잎새에 파동한다

가을 장독대에
애틋하게 얼굴을 내민
채송화, 분꽃, 봉선화
푸르던 계절이 여물어간다

담장에 기대어
머쓱하게 키만 키워
마음 상한 코스모스
수런대는 바람결에
가을 엽서 쓰고 있는지

봉선화 물든 초승달이
감나무에 걸려 있다

시작노트

고향집 장독대는 따스한 봄볕과 여름 햇살을 담고 숙성을 거치며

갈바람을 타고 시월의 햇살이 항아리에 내려앉는다.

한 계절을 넘어온 소담스러운 장독대에는 채송화, 봉선화가 피고

담장에 기대어 키만 키운 코스모스는 수런대는 바람에

가을엽서 쓰고 있는지.

어머니가 정성스레 된장, 고추장 장독대를 닦던 기억이

초가집 굴뚝 연기만큼이나 정겨웠다.

빨갛게 물든 감나무 잎은 떨어져 장독대 소품으로 장식되고

주렁주렁 달린 감들이 가을 햇살에 익어가고 있었다.

낙조

하늘 속 바다
바다 속 하늘
쪽빛이 석양을 품어
꽃구름 향연이어라

빨간 입술이 남기고 간
해변의 낭만은
빈 둥지 증후군인 듯

작은 섬들 사이로
기척을 알리는 고깃배
황금물결 가르며 멀어져 간다

갈매기 울고 날으며
신성이 은총을 내리는
이곳에 발길을 멈추는 자여
이 선경에 눈가를 적시는 자여

붉은 저녁 해가
현란한 하늘에 곡조를 못 이겨
바다의 문을 열고 들어간다

시작노트

아름다운 것은 생성만이 아니다.
바닷가 백사장에 붐비던 피서객들은
썰물이 빠져나간 듯 적막한데
고깃배가 작은 섬들 사이로 기척을 알리며 지나간다.
수평선너머 장엄한 향연에 붉은 해가 하늘 곡조를 못 이겨
바다 속으로 빠져 들어간다.
현란한 하늘의 곡조는 심연深淵을 자극하고
시간의 흐름에 따라 생성과 소멸의 경이로움은
또 다른 사유로 탄생한다.

소록도

찾는 이 없는 추모비
목백일홍은
눈시울만 붉혀 있네

수용소 담쟁이 벽을 지나
중앙공원에 이르니
능수매화 노니는 하얀 나비
뉘의 애처로운 넋인가

서러운 영혼마저
장막의 섬 떠나지 못하고
질곡의 어두운 그림자는
황금 편백을 키웠는가

상봉이 이별되는
수탄장愁嘆場은 말이 없고
장엄한 수목의 아름다움도
처연하구나

시작노트

소록도 대교가 개통(2008년)되기 전에는 녹동항에서
배를 타고 입항하며 주민등록증 검사를 받고 들어갔다.
섬의 모양이 어린 사슴과 비슷하다고 하여 한센병 환자들을
수용하는 작고 아름다운 섬이다.
정치적인 이유만으로 통제와 멸시를 받고 전염병이란
부당한 선입견으로 격리된 후 "갈 곳 없는 사람"이라는
미명 아래 억압된 공간에서 강제 노동에 시달렸다.
슬픔과 탄식이 얼룩졌던 소록도 중앙공원에는
우리나라에서 한 그루 밖에 없다는 황금빛 편백나무와
수령이 오래된 장엄한 향나무들이
소록도의 영혼을 간직하고 있다.

추억으로 가는 눈꽃열차

나는 가고 있다
바퀴 굴러가는 소리에
향수 실은 리듬을 타고

목젖에 걸린 기적汽笛은
침묵의 강을 건너
설원에 날줄을 그어간다

녹슨 레일에 남겨진
시간의 흔적은 강물 따라
끝나지 않은 이야기로 흘러가고

눈발에 흩어지는 건 그리움이다

어딘가 남아 있을
허허로운 편린에 기억 한 조각

세월이 가는 것은
추억으로 오는 것이런가

시작노트

빗살무늬 눈보라가 날리는 차창 밖,
돌아오지 않는 사람을 기다리다 떠나는 경춘선 기차는
빛바랜 추억만 간직한 채 흘러간 젊은 날의 이야기가
머물러 있다.
청량리역에서 청평, 강촌역 캠프장, MT로 향했던 이야기들이
반짝이는 강물에 물비늘로 되살아나고
북한강의 아름다운 풍경을 따라 느리게 달리던
경춘선 열차는 그 시절의 또 다른 낭만이었다.
지금은 itx 전철의 시대가 되어 세월 속에 묻혀 있다.

선인봉 소나무

선인봉 암벽 틈서리
풍한서습風寒暑濕 정기 어린
적송 한 그루

바위가슴 어디까지 더듬어
원천의 샘이 흐르는가

흙 한줌 없는 뿌리의 숨결
솔바람에 들려오니

산하를 굽어보는 벼랑의 풍상은
하늘기상을 가슴에 품었구나

묵언 수행 고고한 정취는
바람의 경經을 묵상한다

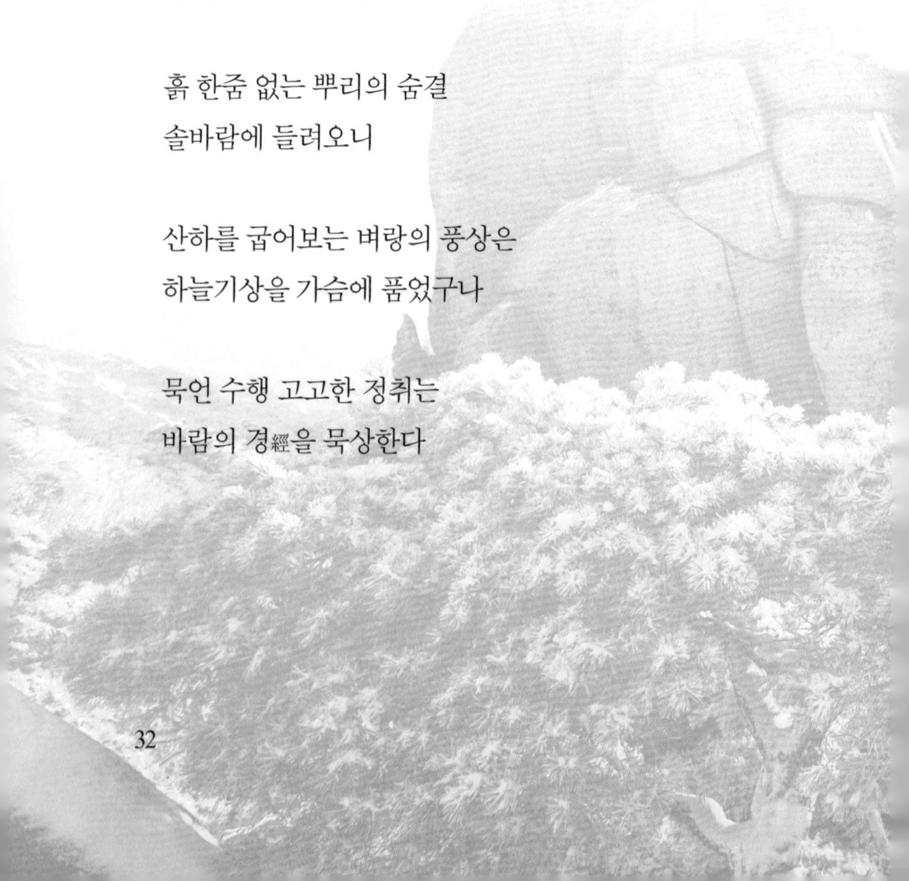

시작노트

이리 보니 비경이요, 저리 보니 선경이라.
선인봉 뒤쪽으로 도봉능선을 따라 북한산이 펼쳐지고
앞쪽으로는 수락산과 불암산이요,
위를 보니 도봉산 주봉인 만장봉이다.
청솔 푸른 기상의 늠름한 위용은
선인봉 암벽가슴 어디까지 더듬어 얼마나 많은 세월을
보내며 무수한 등산객의 길을 안내하였던가.
한 폭의 병풍 같은 실루엣에 자연유산의 경이로움과
고고한 야성을 본다.

제 2부

여운

봄이 오는 소리

사월의 하늬바람
상춘곡賞春曲 울려 퍼지는
연초록 봄 편지 텃밭

홀로 선 미루나무에
까치집이 정겨운데

지절대는 실개천은
즐거운 찬가를 부르고
새들은 낮게 날며
봄을 물어 나른다

외양간 어미 소의
그렁그렁한 눈망울

밭뙈기 참새 떼는
잔설의 볏집을 헤집으며
자지러지게 조잘거리고

나비는
아지랑이 악보를 타고
청산을 간다

시작노트

봄 편지는 빨간 우체통에서 온다.
논두렁 밭두렁 쑥 향기를 타고 온다.
실개천 흘러가는 소리에 꽃망울이 터지고 오지 않을 것 같던
봄은 빨간 오토바이를 타고 산촌에 언덕을 넘어오고 있다.
향기로운 흙 내음에 생명으로 움트는 산수유, 개나리, 노란 꽃이
앞 다투어 피고 산자락마다 진달래 꽃의 정한情恨도
감당할 수 없이 피어나고 있다.
봄은 감성의 언어를 넘어 저항도 없이 물들어 오고 있다.

아카시아 향기

오월은 그리움으로 핀다

함박눈 쌓인 듯
휘어진 가지마다
간절한 향기에
정신이 다 아득하다

꽃내음에 취한
벌들의 날갯짓이 요란해지고
순간의 행복이 영원처럼
대책 없이 마음을 흔드는데

아카시아 향기는
오래된 기억 너머
젖은 그리움으로 피어난다

시작노트

아카시아 향기는 5월의 향기다.
달달하고 매혹적인 향기는 어린 시절 추억을 간직하고 있다.
아카시아 꽃말은 "비밀스런 사랑"이다.
꿀벌들의 날갯짓이 요란하더니 꽃잎 속에 머리를 박고
한참동안 나오지 않는다.
꿀벌은 벌침을 쏘면 죽기 때문에 먼저 공격하지 않는다.
꿀벌은 깨끗한 환경을 나타내는 환경 지표종이다.

벚꽃 오선지

명지바람 선율에
하얀 그리움 안고
꽃비가 내립니다

낙화하는 꽃잎은
순백의 향연으로

사무치는 다정이
서러운 순간에

지상의 선경이
천상의 정원을 잊어야 하듯

가슴 저려오는
그리움을 다 불러

허공에 날리는 꽃잎은
바람의 연주가 됩니다

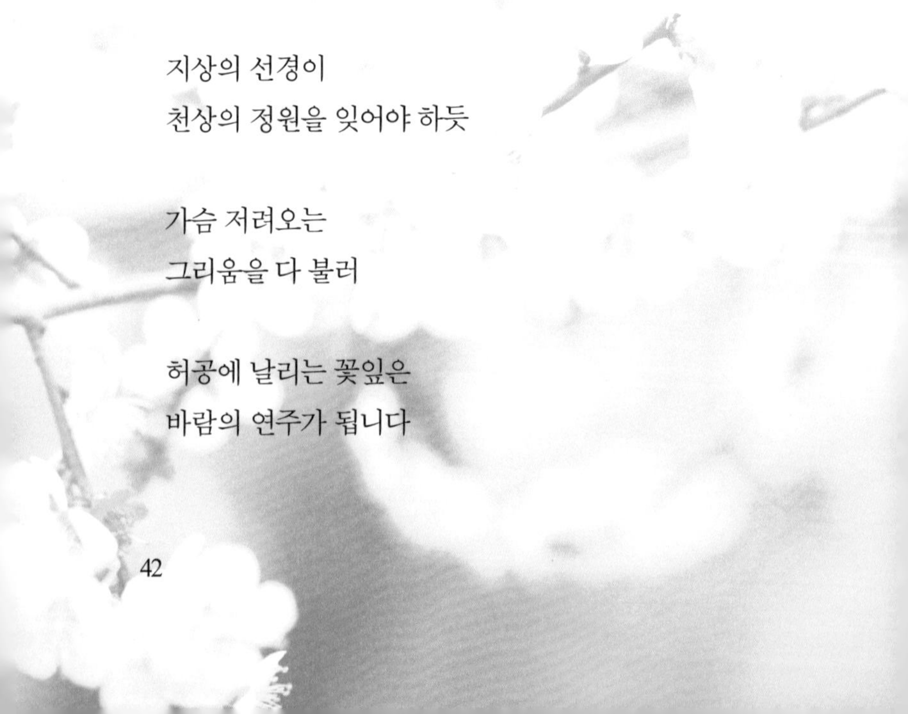

시작노트

봄기운이 완연하다
눈앞에 흐드러지게 피어있는 벚꽃 향연에 나도 모르게
발길이 멈춰버렸다.
언제 저렇게 만개하여 바람결에 꽃잎이 분분히 날리고 있는지.
벚꽃의 화사함과 담장을 따라 줄줄이 피어있는 노오란
개나리꽃 풍경이 자연의 경이로운 섭리를 일깨워 준다.
사월도 저만큼 가고 있다.
목련꽃 그늘 아래서 베르테르의 편지를 읽던
그 시절은 간곳없고
벚꽃 엔딩 속에 문득 나는 슬프다.

어느 봄날에

눈부신 초록의 노래
꽃들은
명지바람 선율에
자유방랑 축제를 펼치고

나비는
아지랑이 오선을 타고
청산을 간다

봄꽃의 절정

잎새 피 기 전
나뭇가지마다
물오르는 소리

사치스런 매화꽃
수다 떠는 싸리꽃
잎 없이 피어난 목련

설레이는 절정에
오자미 박 터지 듯
환성으로 피어난다

꽃들은
연초록 잎새를 달고
봄바람을 마중 간다

시작노트

봄꽃은 매화를 시작으로 목련, 개나리, 진달래,
벚꽃 순으로 차례로 피고 있다.
그런데 최근에는 지구온난화로 기온이 상승하여
뒤죽박죽으로 또는 동시다발적으로 피어 혼란스럽기도 하다.
생태계 기초가 흔들리면 곤충이나 생물 상호 간에도
질서가 무너진다.

텃밭 꽃모종

봄비 오는 소리에
텃밭 모퉁이에 흙 고랑 파고
오붓한 가슴에 꽃모종을 한다

앞줄에 채송화
뒷줄에 봉선화, 분꽃, 맨드라미
싸리울에는 나팔꽃을 심는다

흙 내음 향기로운
한 생애 침묵의 염원
민들레 홀씨 날리는
봄바람을 유혹하리

네잎 클로버

고요한 기다림이 있다
풀잎 속에 숨은
세 잎 속에 네 잎

소풍간 날 보물을 찾듯
돌연변이를 찾는다

척박한 땅
같은 마디에 다른 운명을 걸고
그리운 마음들에
손길 기다리는 네잎 클로버

행운의 탄생은
아픔 뒤에 오는 기다림이었다

시작노트

네잎 클로버는 숲속이나 기름진 토양의 줄기에서는 찾지 못한다.
척박한 땅, 잔디와 동무하는 저수지 언덕길 같은
외부 환경에 의해서 유전자가 변이되어 돌연변이로 태어난다.
채집은 수분이 잘 흡수되는 책갈피에 네 잎 균형을 맞추고
3일 후 꺼내 바람을 쏘이고,
다시 넣어야 변색을 예방할 수 있다.
사람들은 기형적으로 태동된 것을 행운이라 한다.

비 오는 날의 단상

바람이 협연하는
빗줄기 선율

허공의 파문이
창가에 어린다

소리 없이 안식의 시간은
깊어만 가고

비안개 빛 향기는
석류알 영글어 가듯
빈가슴 적시는데

잊어버린 기억들이
빛바랜 수채화로 번져 온다

벽촌의 여름

산골 여름날이 나른한 오후
낮닭 우는 소리가
무던히 한가롭다

정자나무 그늘 아래
배부른 황소의
게으른 졸음에

앞산 뻐꾸기 소리
골짜기를 메우며
도랑물에 떠내려 온다

우거진 잎새 가지마다
분주하게 짝을 찾는 새소리에
한나절이 다 가네

강가에서

교교히 흐르는 달빛
강물이 은물살로
조각나고 있다

유영하는 고기들 입질만
잠든 강물을 밀어내기라도 하듯

버드나무 커튼 사이
숲을 연주하는 물새 소리는
무반주 하프 선율이어라

시작노트

달빛 부서지는 강 언덕을 걷는다.
바람 부는 샛강에 물비늘이 일고, 발걸음소리에 놀란 물새가
강물을 박차고 날라 오른다.
줄줄이 늘어진 푸른 버드나무 가지는 커튼을 쳐 놓은 듯,
암·수컷이 지저귀며 넘나드는 것이 영락없는
하프 선율을 타는 풍경이다.
달하면 이태백이고, 이태백하면 달밤에 배타고
술 마시다가 물속의 달을 잡으러 들어가서는
끝내 생환하지 못하고 말았던 고사故事를 만든 사람이다.
달밤, 그것도 가을의 달밤, 이태백과 그의 풍류는
가고 없으나 지금도 심산에는 맑고 청명한 달빛이
밝게 떠올라 있다.

제3부

잊어버린 시간을 찾아서

소록도의 기도

갈매기 울음소리
귓전에 젖는데

생의 촛불 하나에
멍울진 눈망울

빈혈기 어린 햇살이
머문다

댓돌 위에
하얀 고무신 한 켤레…

바위 섬

둥지를 떠난 바닷새
바다를 조망하듯
만경창파로 날아가고

저만치 밀려가는 파도
잘잘한 조약돌은
먼저 기다리는 등대에
외로움을 달랜다

썰물이 남기고 간 바위는
물에 젖은 여인의
긴 머리채 같은
해초가 넘실대고

멀어져 가는 고깃배
갈매기 무리 동행한다
하얀 등대는
몽환처럼 어부의 뱃길을 기다린다

시작노트

이름 모를 섬 꽃들이 외로운 바위섬.
태풍이 불고 파도가 쳐도 해안 절벽 위에 외로이 서 있는 등대는
가슴 아픈 추억들을 간직한 채 제 자리를 지키며 영롱한
불빛을 보내고 있다.
흔들리고 방황하는 사람들에게 한 줄기 위안으로
고깃배 한 척을 위해 먼 곳까지 바라보며 삶을 비추고 있다.
거친 파도가 몸으로 깎아 내린 기암괴석의 절벽은
누군가 찾아 줄 그리움을 달래고 있다.

소래포구 폐선

낡은 목선이
갯골에 박혀
바다로 떠나지 못하는
애수哀愁가 있다

찢겨진 깃발
빛바랜 어구들만이
늙은 어부의 풍장소리
잊은 지 오래인 듯

디젤 발동기 침묵에
만선의 추억을 묻고
애잔한 고독의 무게는
바다의 이야기를 듣는다

시작노트

소래포구는 오래전에 수인선 협궤 열차가 사라지고
서민들의 애환과 연인들의 추억에 녹슨 철길만
옛 모습을 간직하고 있다.
철길을 건너 어물전에는 꽃게, 새우, 우럭, 광어들이
꼼지락거리다가 펄쩍뛰며 시끌벅적하게
흥정을 하는 모습들이다.
바닷물이 빠져나간 포구의 갯벌엔 긴 영면으로
엎혀 있는 패선 한 척,
갈매기 한 마리가 뱃전에 앉아 다 부르지 못한
해조음의 노래를 듣는다.

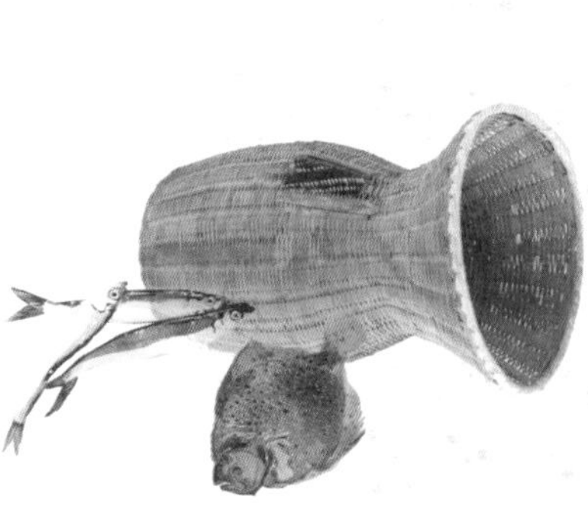

선창

등대 불빛
부서지는 파도를 이어붙이고

뱃길을 인도하던 갈매기는
어디론가 떠나갔다

방파제에서 만난
시간의 흔적은

지나온 세월마다
갯바람 스치는데

모르고 살았던
기억의 순간들이
그늘진 추억으로 남아

두고 온 바다에
해조음의 노래를 듣는다

시작노트

하얀 포말을 일으키며 파도는 쉴 새 없이
방파제에 부서진다.
오징어잡이 배 집어등이 출렁이며
뱃길을 인도하는 갈매기는
분주하게 날아들다 어디론가 떠나갔다.
엔진소리가 멈추자 포말도 숨을 고르며
파문을 잠재우고 있다.
아낙네는 빨간 고무다라를 이고 선착장을 오가며
바쁘게 움직이고 어부의 고단한 삶의 무게는
선창가 주막집 막걸리 주전자에
시름을 잊는가보다.

바다의 기원

바다여
오늘도 당신의
깊은 뜻 헤아리며
희망의 돛을 올릴 수 있도록

하늘을 우러러 기도하오니
거친 풍랑 피할 수 있도록
뱃길을 인도하소서

욕심이 넘치지 않고
순종하는
선량한 어부들의 마음을
넉넉하게 하소서

서러워진 바다의 눈물을 보며
바다의 생명들을 보살피어
기름진 토지가 되게 하소서
바다의 하늘이여

시작노트

어부들에게 일기예보는 무엇보다 중요한 뉴스다
날씨가 흐리고 바람이라도 부는 날이면 포구로 들어오는
어부들의 마음은 무거워지고 발동기 소리는
힘없이 들린다.
청정한 바다에 쓰레기가 오염되는 바다의 생명들을
보살피고 기름진 토지가 되게 하여
어부들의 빈 마음을 넉넉하고 풍성한 바다를
기원하는 마음을 담았다.

이월된 흔적

이끼 낀 돌담
낙엽이 떨어져
애증으로 쌓이고

흘러간 흑백 필름에
남겨놓은 발자국

한눈 판 사이
이월移越된 흔적에
솔새는 날아와
내 마음 쪼아대고

걸음마다
여물지 않은
세월이 묻어진다

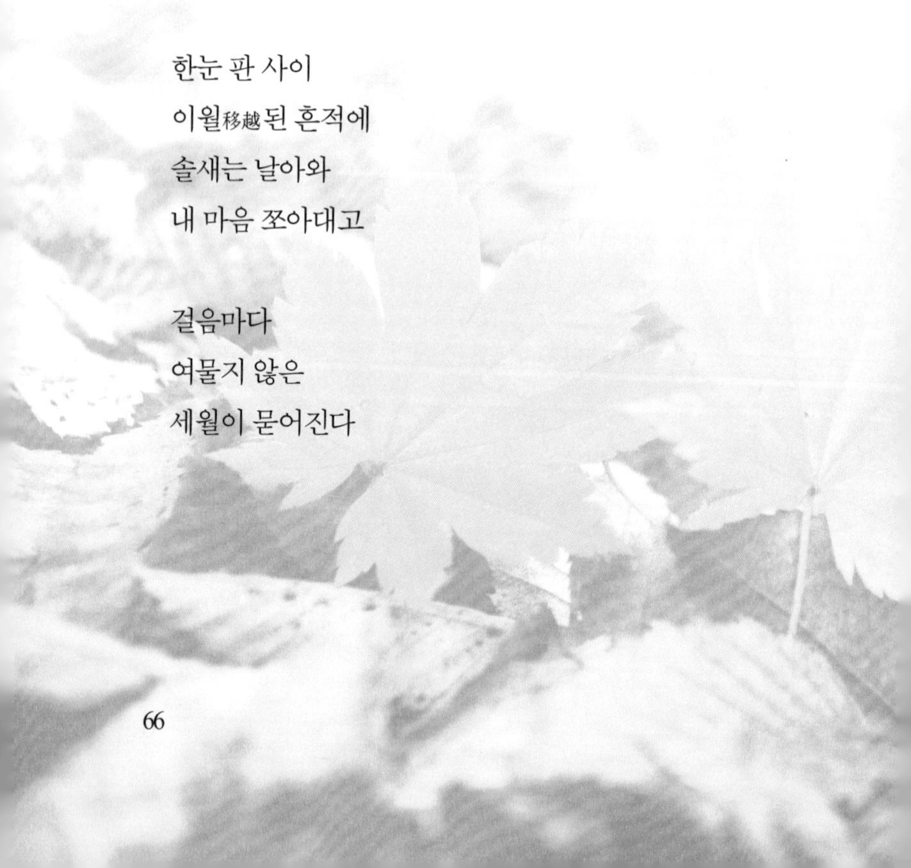

시작노트

바람에 떨어지는 나뭇잎, 길가에 피어있는 작은 야생화에게도
관심을 가지게 되고 내 삶의 의미를 되돌아보게 된다.
마음이 심란해지고 사는 것이 심드렁해지면 책을 읽는다.
책 속에서 예수도 만나고 석가도 만나고 이태백도 만난다.
직접 가르침은 받지 않았으나 본받으려 사숙私淑을 하는 거다.
한 구절에 담긴 의미와 가치있는 문장에는 밑줄을 긋고
가슴에 담아 발효시켜 가기 위해서다.

옛길

그리움으로 걷는 옛길
성긴 토담에 아득히 남아 있는
토담의 수채화
얼룩진 기억도
모두 그리움인 것을

시작노트

누구나 그 때는 왜 그런 생각을 했을까? 하며
안타까워 할 때가 있다.
지금 생각해 보면 너무나 당연했던 것을 보지 못하고
틀린 판단을 했기에 아쉬워하는 것이다.
심지어 과거로 돌아가 지혜롭지 못한 당시를 낙담한다.
그러나 지금 와서 보면 틀렸지만 그때의 선택은 맞았다.
아쉬워 말자. 잘된 것이 잘못된 것이고 잘못된 것이
어찌 보면 잘된 것인지도 모른다.
그것이 인생의 길이리라.

그림자

한때는 청운의 꿈을 꾸는
파랑새를 좇는 청춘이었나니

돌아보니 문득
도돌이표 없는 이정표에
길손 같은 유랑이었던가

먼길 돌아온 내 그림자
꽃잎은 흩어지고
향기조차 멀리 있네

봄에 피는 꽃보다
가을꽃에 향기가 깊고
숙성된 포도주가 맛이 깊다는데

얼마나 다듬어야 알 수 있을까
얼마나 숙성해야 알 수 있을까

지우다 그려보는 미완의 수채화
오월의 찔레꽃은 저편에 있는데

시작노트

외롭지 않은 인생이 어디 있을까.
만남과 헤어짐 속에 때론 먼저 떠나고 뒤에 남겨지기도 하는
먼 길을 누구나 걷고 있다.
가치 있는 삶이 무엇인지, 나는 지금 어디에 서 있는지
시간과 겨루며 슬프지 않는 것은 오직 추억의 흑백 사진 뿐이다.
두고 온 젊은 날에 내일만을 꿈꾸다 흘러간 세월,
무엇을 잡자고 시류에 편승하여 허우적거려야 만 했는지.

머문 듯 흘러가는 것

도돌이표도 없이
시간의 바다에 묻혀
소중한 마음을
잊어버린 것은 아닌지

바쁘게 산다는 이유만으로
노을이 낙조인 줄 모르고
별이 정수리에 쏟아져도
밤하늘 쳐다본 지 오래였다

누구를 위한 삶인지도 모르고
관객도 없는 무대에서
무엇을 잡자고 허우적거렸는지
얻은 것보다 잃은 것도 많았다

어제가 되어가는 오늘

시작노트

어느 날엔가 빛과 어둠,
삶의 조각들이 잠재된 의식에서 노출되었나 보다.
존재와 부존재, 부재하는 것들을 되돌려 보려 할 때는
모든 것은 떠났다.
세월은 영원한 줄 알았지만 그러나 봄은 그리 길지 않았다.
늦게 쯤 와서 알게 되는 것은 철이 든다는 말이다.
어찌 보면 철이 든다는 것은 꺾인다는 것,
꼬리를 내린다는 것이다.
그것은 아프고 쓸쓸한 일이다.

도시의 포장마차

희미한 불빛
인생 풍경 그림자에
백열등은 흔들리고

꼼장어 숯불 연기
조가비 양철통에
바다가 끓고 있는데

빈 가슴 스쳐가는
소주잔의 유혹

넥타이 풀어진 채
인생을 안주 삼아
세월을 마신다

취한다는 건
이고 진 숙제를 풀지 못하고

한판 살아가는 유랑에
오묘한 너털웃음은
내 안에 빈 항아리만 채워가네

시작노트

가로등 불빛에 눈발이 간간히 뿌려지는 스산한 겨울 저녁.
포장마차 백열등 불빛에 꼼장어 굽는 연기,
양철통 오뎅이 골목길 추위를 먹고 있는데
어디선가 찹쌀떡 메밀묵 소리가 눈발 속을 헤치며
숨차게 달려온다.
인격의 경계를 넘어 숙성된 사람과 인생의 술잔은 지혜를 얻고
슬기로운 삶을 배운다.

제4부

가을의 서정敍情

달 항아리

어머니 손때 묻은
장독대 달 항아리

채송화 봉선화
푸르던 계절이
까맣게 영글어 간다

초승달도
보름달로 익어
감나무에 걸려 있다

가을이 오는 소리

가을은
알지 못하는 바람에서 온다
빈 수수밭 바스락거리는
산들바람이었을까

가을은
알지 못하는 색에서 온다
산 벚나무 단풍지는 잎새였을까

가을은
알지 못하는 새에게서 온다
시월의 숲속 은방울 새였을까

가을이 오는 소리는
빛바랜 그리움의 우표로
시월애 엽서로 온다

시작노트

상큼하게 높아진 파아란 하늘에 흘러가는 구름 따라
가을이 묻어 왔다.
가을 바람소리인가 돌아보면 산 벚나무 단풍 잎새 지는 소리이고
물소리인가 돌아보면 낙엽 떠가는 소리 흘러간다.
가을밤 귀뚜라미는 지난 여름밤의 못다한 이야기가 저리도 많은지
곤충, 동물들의 삶 속에도 야생의 지혜와 감동이 숨어 있다.
수컷들의 귀뚜라미가 목청 터지게 울어대고 암컷을 향한 치열한
구애와 사투는 종마다 기발한 계략과 고난도 기술의
러브 세레나데가 리얼하고 숭고하다.
가을이 오는 소리에 추심秋心은 깊어만 가고 있는데…

지금 내 마음은

안개에 묻힌 여명이
얼굴을 내밀고
기억의 허리를 휘감고 오릅니다

지금 내 마음은
젖은 그리움 파고드는
봉당의 빗소리입니다

지금 내 마음
창밖 쓸쓸히 흩어지는 낙엽
가을 공원의 벤치입니다

지금 내 마음은
먼 길 휘돌아온 그림자에
이름 석자 써 보는
토담의 수채화입니다

시작노트

봉당의 빗소리를 물끄러미 바라본다.
빗방울이 솟아오르다 사라지는 기억의 파편들…
한 계절을 풍미하던 이파리들은 빛바랜 벤치에
영혼을 떨구고 있다.
진정한 정신의 건강함은 사회가 아니라 자연 속에 있고,
가장 훌륭한 사회야말로 가장 깊게 병들어 있는 사회다.
말은 자신의 인격이고 표상이며 자신에 대한 관찰은
순수한 영혼을 고민하게 되고 반성과 지혜를 낳는다.

천상의 친구에게(弔詩)

가슴을 파고드는 그리움이
가을 하늘에 물들어 간다

들길에 망초 꽃
하얗게 피는 계절
스쳐가는 바람에도
가슴을 삭히더니

영혼靈魂만 남겨두고
속세의 인연을 놓아버린
친구야 !

외롭고 힘들었던
못다 이룬 파초의 꿈
피우지도 못한 채
행복은 조각나서
사랑마저 부서졌네

남의 아픔 걱정하다 내 아픔 몰랐고
남에 슬픔 위로하다 내 슬픔 모르고
'사나이 눈물'을 노래하던 친구야 !

산다는 건 구름이고 바람인 것을
뭐가 그리 바쁘기에
석별의 정 남기지 않고
준비 없는 이별을 해야 했는가

이생에 남겨둔 여한餘恨일 랑
갈랫길 여정餘情에서 푸시게나
긴 영면으로 잠든 친구야
고이 쉬시게

그리운 말티즈

말티즈가 오던 날이었지
나의 처지는 뒷전으로 밀리는 걸 알았어
어쩌다 단 둘이 있을 때면
관심도 없이 TV만 보게 되었네

말티즈는
석연찮게 쭈그리고 앉아
하염없이 현관문만 바라보는 거였어

초인종이 울리자
인정머리 없는 사람 처음 본 듯
민망할 정도로 아줌마한테 매달리며
하소연하는 거였지
아줌마도 말티즈와 죽이 잘도 맞더군

세월이 흐른 어느 날
새끼 두 마리 탄생했지
저도 뒷전으로 밀리게 되더군

나의 처지를 이해할 수 있었을 거야

말티즈를 예쁘게 키우자는
가족 대책회의에
또, 인정머리 없는 의결권을 행사했어

새끼 한 마리만 남기고
애견센터로 가는 길이었지
말티즈의 애련한 눈망울이
나를 자꾸만, 자꾸만 바라보고 있었어

가슴에 옹이로 남은 느낌표 하나

나는 아무에게도
말하지 않았어…

시작노트

말티즈에게 미안한 생각이다.
어쩔 수 없는 선택이었다고 정당성을 표방하면서도
괜스레 마음에 걸리며 저울질을 하는 걸 보면 그때 양심을
아직도 털어내지 못하고 있는 모양이다.
말티즈의 애련한 눈망울을 애써 외면하며 태연한 척 한 것이
지금도 가슴 옹이로 남아, 사서 고생을 한다는 말이
바로 이럴 때 쓰이는 말인지 모르겠다.
잣대는 부정확의 정확이다.
스스로의 마음을 재지도 못하면서 강물의 깊이 만큼도 안 되는
잣대로 강물의 깊이를 재려는…

바람의 단상

흘러간다는 것은
강물만이 아니다

세월도
사랑도
인생도

대자연의 무대에서
잠시 연출하는 촌극일 뿐

빈 뜰 쓸고 가는
바람을 보고야
그걸 알았다

가을 다람쥐

다람쥐 앞발 세워
도토리 까다 말고
주둥이를 앙증맞게 부벼댄다

올망졸망
요모조모
눈치보는 비아냥

살금상큼
리듬체조
포물선으로 뛰어 간다

약삭빠른 놈 위에
날으는 놈도 있다던데…

은유의 노래

휘파람새는
숲속의 음반인 양
세레나데를 윤창하고

솔바람은 현을 타 듯
숲속의 연주가
녹색 음반에 펼쳐진다

달무리

매화나무 그림자
화선지 수묵화처럼
원고지에 내려앉는다

뒷산 소쩍새는
어쩌자고 밤새워 울어대고

호젓한 달빛은
어쩌자고 사라져 간 기억마저
사무치게 하는지

달맞이꽃은
무엇을 말해 주려
밤에만 피려하는지

달무리를 부여잡은
시인은 밤의 포로가 된다

시작노트

달빛이 내리는 밤이면 모든 것이 단순해지고
더 이상 마음이 심란해지지 않는다,
유년의 기억이 되살아나고 알지 못할 그리움이 밀려온다.
나뭇가지에 걸려 있는 달빛이 다정도 한데
밤늦게까지 울어대는 소쩍새는 어쩌자고 사라진 기억마저
사무치게 하는지.
밤이 그리운 박꽃과 달맞이꽃은 무슨 사연 그리 있기에
밤에만 피려 있는지.
풀벌레 소리가 소나기처럼 쏟아지는
호젓한 달밤이다.

억새

소슬한 바람결에
수런거리는 억새꽃의 선율
하얀 파도가 밀려온다

아침 햇살 은 억새
저녁노을 금 억새
흐드러진 들판에
가을 하늘이 내려 앉는다

빛 사위어 가는 들판
북방군 편대 기러기는
옛 영토를 점령하려는 듯
볏가리 논을 군무하는데

감나무 홍시 쪼는 산까치는
저 혼자만 모르는지

시작노트

가을바람 타고 억새꽃이 포말처럼 밀려온다.
바람이 불 때마다 억새는 부대끼고 흐느끼며 마음에
상념까지 흔들어 깃털을 날려 보낸다.
깃털은 억새보다 갈대꽃이 풍성하며 억새는 습지보다는 산에나 들,
양지바른 곳에 자라고, 갈대는 저수지나
강가 같은 습지에서 자란다.
작년에 왔던 기러기는 먹이를 찾아 볏가리 논을 탐색하는데
가는 계절도 모르고 감나무 꼭대기에서 연신 홍시만 쏘아대는
산 까치는 저 혼자만 모르는지…

제5부

토담의 흔적

아득한 길

소풍 가던 길
소년은 다시 어제가 되어
그 길을 걸어 갑니다

한 굽이 돌면
찔레꽃잎 떠가는 오월의 도랑물
풍금 소리처럼 흘러가고

두 굽이 돌면
반짝이는 반딧불 사랑에
소쩍새는 음정을 낮춥니다

들풀 연기 모깃불 피워
멍석에 누워 별을 세면
옥수수는 쑥쑥 제 키를 세워
저만큼 고갯길 넘어가고 있었습니다.

굽이 굽이 걷던 길
이제 그 길은 내 맘속에 휘휘 돌아

기차표 검정 고무신에
아주까리 잎새 머리에 쓰고

소낙비 내리는 오후
뛰어가던 소년은 없고
모서리 닳은 그리움만
달구지에 켜켜이 앉아 있습니다

시작노트

나였던 소년이
소풍가던 길을 설긴 마음으로 걸어간다.
징검다리 건너 풍금소리 따라 노래 부르고
냇가에 미끄러지며 다슬기와 물고기를 잡았던 그날에
산골 소년의 가슴에는
이제, 무엇이 되어 그 소년을 만날까.

세상은 사는 데로 사는 것이 아니다.
자신이 어떤 존재로 살아가고 있는지.
내적 질서와 기준을 만들어 내지 못하면
가치관 부재에 정체성을 잃는다.
준비하는 자에게 패러다임이 바뀌고
작은 만남이 인생을 바꾼다.

토담의 수채화

사월의 바람이
출렁이는 청보리 밭을 건너가고
산 너머 날아오는 뻐꾸기 소리에
가슴이 초록 초록 젖는데

끝없는 오솔길 따라
여린 풀꽃이 잔잔히 피어
알 수 없는 그리움이 가슴을 적시는
그날에 언덕을 걸어 보았는가

산안개 피는 강 언덕
암소가 새끼를 데리고
먼 산을 향한 울음은
자운영 꽃 피우는
그 소리였음을 아는가

새참 광주리 이고
다랑논 가는 아낙네

농부의 목에 두른 긴 수건을
바람이 흔들고 가는 걸 보았는가

소나기 퍼붓고 간 오후
유영하는 각시붕어의 은빛 무희
강변 물길 저어가는
황새의 하얀 날갯짓을 보았는가

코스모스 소곤대는 간이역
산모퉁이 돌아가는 기차의 등 뒤에서
하얀 손수건 흔들던
산골 소녀는 어디로 갔는지

청운의 꿈 그려 보던
토담의 수채화
산골 소년의 가슴에는
찔레꽃만 하얗게 피어 있다네

시작노트

고향의 정서는 잊어버린 추억을 찾아 준다.
산 너머 뻐꾸기 소리 따라 새참 광주리를 이고 청보리 밭 사잇길을 가는 아낙네. 암소가 새끼를 데리고 먼 산을 향한 울음소리는 자운영꽃 피우는 그 소리였음을 아는가.
아련한 기억너머 젖어오는 가슴속에 고향을 사유하는 것은 분리될 수 없는 내재된 형상이다.

묵상

길 잃은 영혼이
나직하게 불러 보는
거룩한 이름이 있습니다

진리의 이정표를
뜬 구름에 걸어두고

어디쯤 가고 있는지
담금질만 하는
분별없는 영혼입니다

세상 생각의 틀에
불완전한 삶이
불완전한 행복에게
생의 갈증을 풀 수 없듯이

깨어나지 못한 믿음에
영적 지혜와 변화를 간구하는

말씀의 기도로

로마서 12장 2절을 묵상합니다

시작노트

성경은 내게 깨어나지 못한 믿음에 영혼의 질문지다
성경을 겸허히 통찰하고 말씀을 순종하는 믿음이라면
본래 내가 꿈꾸지 않았던 거룩함을 깨달아
진리의 문으로 들어가는 영적 기도의 찬양이련만,
진리의 이정표를 뜬구름에 걸어 두고 영혼 없는 밥벌이에
세상의 기준에 나를 맞추느라 누구의 삶인지도 모른체
무엇을 찾으려 했는가.

산골 동화

비취빛 하늘
무지개 펼친 숲속에
한 떨기 들꽃이 피고
어린 꿈이 놀며 추억이 뒹굴던
그곳이 나의 고향이래요

샘터 화단에 코스모스 심고
버들피리 꺾어 불면
나비도 아지랑이 오선을 타고
청산을 가는 곳
그곳이 나의 고향이었어요

청보리밭 푸른 물결
인정 익어가는 느티나무 그늘 아래
밭갈이 하던 농부가 낮잠을 자고
쏟아지는 매미 소리가 단잠을 깨우던 곳
그곳이 나의 고향이지요

초가집 굴뚝 연기 설핏하게 흩어지고
산 개울 가제 은빛 물 달에 술래하면
사랑의 등 반짝이는 반딧불에
소쩍새 소리도 음정을 낮추는 곳
그곳이 나의 고향이래요

낙엽 지는 가을이 가고
동화 같은 순백의 겨울이 와도
잎새 떨어져나간 자리 마련한 꿈이 있어
청운의 하얀 꿈 그려보던
그곳이 나의 고향이지요

어머니

당신이 사랑하신 이 땅에
눈 맑은 초록 잎들이
오월을 노래하고 있습니다.

야윈 어깨 다독이며
가슴 적시던 그날
민들레 홀씨는 이정표 없는 먼 곳으로
날아가고 있었습니다.

그리움은 그리움만 사무칠 뿐
봄이면 여전히 새들이 노래하고
풀 여치 울어대는 들꽃향기
동화 같은 순백의 겨울이 와도
나는 당신을 보내지 아니하였습니다.

어머니
당신이 계신 그곳은 어떠한 가요
그곳에서도 새벽닭 울음소리에 깨어

가꾸실 텃밭이며 수국은 피고 있는지요
나의 어머니…

시작노트

다시 오월은 오고
어머니는 자식 사랑에 무덤에누어서도
마른 풀이 자라게 한다는 지극하고 숭고한
사랑을 그때는 몰랐을까
가슴에 사무친 그리움을
문화원 시공모 당선으로 묵상합니다.

한 · 영 대역시

우리 사랑 여기에

학처럼 기다린 사랑
청실홍실 올올이 아름다운
하늘이 맺어준
하나의 소중한 인연입니다

오늘 같은 내일
아침을 여는 해오름으로
소중한 님의 뜻을 새기며
사랑과 꿈에 정원을 가꾸렵니다

시작노트

결혼식장은 부모님들의 하객이고 장례식장은 자녀들의 조문인데
"저희 둘이 하나가 되어"라든가
"일심동체" "저희 둘이 한 몸이 되어" 등
사랑이란 이름으로 겸손하게 보내는
청첩장 글귀가 어른들에게 예의가 아니라는 생각이다.
결혼식은 엄숙한 독립 행사가 아니라
사랑과 의지로 새로운 가정이 탄생되는 이벤트다.
두 사람은 분명히 같은 존재지만 조화를 이뤄야 하고
그 기반에 존중과 배려가 있어야 한다.

Our Love here

Like crane, long-awaited love
The heavens tied up
A treasurable Karma.

Blue thread, red thread
Entwined side by side
each beautiful thread and yarn
with that heart,

Tomorrow like Today
By Sun rising
With the opening of the morning

Bearing in mind
precious your will
I'll grow the garden of love and dream.

길 위에 인생

광야에 길이 있고
사막에 물길이 있듯

뜻이 있는 곳
영혼이 머무는 곳에

꿈꾸는 마중물은
홀씨의 꿈을 피우리니

세상을 보는 지혜
겸허한 통찰

산다는 것은
길을 가는 것이고
너와 나 존재의 만남이다

우연히 마주치는 만남이
섭리의 만남이 되고
길 위에 인생을 만든다

시작노트

문학 스터디에서 젊은 청춘이 사회생활에서 겪게 되는
갈등을 고민하고 인생의 꿈을 디자인하며
교감을 나누던 메시지다.
살아 간다는 것은 길을 가는 것이고
그 길을 가면서 마주치는 만남,
누구를 만나느냐에 따라 필연적으로 삶의 모습이 바뀌고
인생이 바뀌고 운명이 바뀐다.
인성과 품격을 교실에서 배운 사람은 없다.
만나는 사람에게서 배우고 책에서 배우는 것이다.
책이 없었다면 시공을 초월하여
동서고금의 위인들의 발자취나 문화 예술,
삶의 본이 되는 정신적 만남도 없었을 것이다.
책과의 만남. 그것은 자아성찰로 길을 찾는 학문이다.

The Life on the Road

There is a road in the wilderness
as the desert has a waterway,

Where is a will
Where the soul remains

Dreaming pouring water for pumping
makes open spore's dream

Wisdom to see the world
modest, transcendent insight

Living is
Being encounter between you and me

Casual encounter
becomes Providential meeting
makes a grand life on the road.

연풍초교 100년사에

태초의 하늘이 열리고
새재봉 정기를 품은
이곳에 연풍이 있었으니
용유담 물은 쉬지 않고 흐르네

조령산 줄기 흘러내려
100년을 이어온 배움의 요람
연풍 교정 품에 안고서야
목청을 열게 되었네

사랑하노라
청보리 밭 종달새에
청운의 꿈 키워 왔나니
아버지의 아버지가 낳은
요람의 터전에 돌아와서
자랑스러운 백년사의 숨결을 듣는다

추억이 우표처럼 그리워지는
동현의 옛터. 정겨운 느티나무

여기 동문들의 한 뜻을 새기노니
연풍 교정의 종소리여 더 크게 울려라
찬연한 지평을 열어 가리라

시작노트

초등시절 추억이 뒹굴며 한없이 시간이 늘어지던
기억 속에 아련한 그리움이다.
추사 김정희가 연풍 고을 현령으로 부임하여 관아로 사용됐던
교무실이 지금도 본래의 모습을 지키고 있으며
어린 시절 크고 무성했던 600년 수령의 교정의 느티나무는
세월 속에 작은 고목이 되어 그 자리를 지키고 있다.
빛나는 졸업장을 받고 교가를 부르며 무작정 울어 버렸던
그날에 초딩친구들~
추억의 흑백사진 앨범을 보며 반세기가 흐른 지금 그 시절
개구쟁이 친구들은 어디서 무엇을 하고 있는지,
연풍 개교 100년사 교지에 실어 어린시절 간직했던
아름답고 신성한 추억을 전하고 있다.

A hundred–year history of Yeonpung elementary school

From the immemorial
the heavens open
cherished the spirit of Seje peak
there was Yeonpung here,
Yongyu dam water flows on and on.

Mt. Joryeong range stretches down
continued for a hundred years, the cradle of learning
Entering, be in Yeonpung campus
I opened my voice.

I love you.
Skylark on blue barley field
bring up a dream of lofty ambitions,
Returning to the cradle,
father's father give birth
hear the breathing of proud hundred-year history.

Missing the memory like postage stamp
old campus site of Dong hyun, affectionate zelkova.
Here engraving one will of schoolmates,
Ring aloud bell sound in Yeonpung campus.
We'll open up brilliant horizon.

향우회

빛이 있었네
청자빛 하늘이 열리고
조령산 줄기 뻗은 아름다운 산하
산인들 어찌 소리치지 않으며
물인들 어찌 노래하지 않을 수 있으랴

부르노라
새들도 저희끼리 하늘 길을 만들고
물고기도 모천으로 돌아오는데
꿈엔들 잊을리 없는 향우들이여
애향의 꽃 사랑의 무지개로 피었어라

자랑스러워라
청보리밭 물결 가르는 소쩍새 소리에
티 없이 꿈을 키우며 살아온 우리들
여기 선, 후배 동문들이 손에 손잡고
새날의 향연을 펼치노라

사랑하노라
학처럼 기다려온 오늘
우리는 더 높이 오를 하늘이 있고
더 멀리 달려갈 지평이 있으니
교정의 종소리 더 크게 울려라
찬연한 노래 소리 이어가리라

에필로그

조령산 줄기 뻗은 세재봉 아래 초등학교의 백년사 숨결이 흐른다.
타향객지에서 고향을 그리워하고 동문들의 애향심은
추억을 새기며 향우회가 있는 날이면 보고 싶고 만나고 싶었던
동창들도 만난다.
고향 동문들은 1년 선배라도 깍듯이 예우를 하는 것은
아련한 추억을 함께한 같은 산골 같은 학교를 나온 영혼이 깃든
그리움의 파편들이다.

Hometown Fraternity

There was a light.
Opening celadon porcelain light sky
Mt. Joryeong range stretched
beautiful mountains and rivers
Mountain! why don't you shout?
Waters! why don't you sing?

I call you.
Birds themselves make the sky way
fishes return to a born stream,
Hometown friends not forgetting in dream!
Home-loving flowers bloomed the rainbow of love.

I'm proud of you.
With the sound of scops owl,
wavy waves of green barley field.
Ourselves having lived raising a flawless dream

here Senior and Junior schoolmates hand in hand
spread the feast of new day.
I love you.
Today long-awaited like crane
We have a sky soaring up higher,
we have a horizon to run farther.
Ring loudly the sound of school bell.
Brilliant song sound will continue.

뿌리 깊은 나무

동녘 하늘이 열리는
여명이어라

새들도
하늘 길을 만들고

물고기도 바다에서
길을 잃지 않는데

사람들은
길이 아닌 길을 가고
엇갈린 길을 가나니

뿌리 깊은 나무가
열매를 맺듯

생활안전협의회 발족은
앞서 온 경륜과 지혜로

나를 잃고 나를 찾는
꿈꾸는 마중물로
가슴을 적시리라

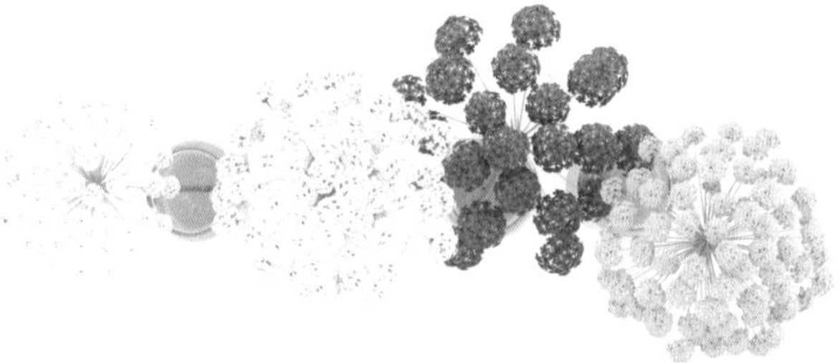

시작노트

한때는 Greatest Love of All '가장 위대한 사랑'
노래를 좋아했다.
연인, 부모 자식 간에 사랑보다 "자신을 사랑하기" 라고 한다.
영혼의 텃밭에는 잊어버린 사랑과 아직은 남아 있을 사랑을 위해
다시 돌아올 꿈을 간직하며 자신의 삶을 사랑하라.
보다 순수하고 사려 깊게 자기 소질을 개발하고
열망 앞에서는 겸허해지라.
불평쟁이는 낙원에서도 불평을 한다.
역사적 인물들이 모두가 상처와 불행을 극복하고 일어섰다는
생활안전협의회 발족 축시에 의미를 새긴다.

Deep Rooted Tree

Opening the Eastern sky
It's the dawn.

Even birds
make the Sky Path

Fishes keep their way
without getting lost in Sea,

People go other way
people go a mixed path
people miss one another on the path.

As deep seated trees bear fruits,
Life Safety Council
with earlier statecraft and wisdom

Losing me, looking for me
with dreaming pouring-out water for pumping
get my chest wet.

님은 누구의 명령으로 잠들었는가

하늘은 알았으리라
산천도 울었으리라
겨레의 눈부신 아침을 위해
흔적 없이 산화된 이름들이
찬연히 피운 한 떨기 꽃을

다시 6월은 오고
동강난 상처가 언제이런가
분단의 세월이 어둠을 잊었는가
통일 번영의 초석으로
꽃잎처럼 붉던 님은 돌아오지 않네

청자빛 하늘이 열리는 날
동해의 장엄한 일출의 서곡이
한라에서 백두까지
7천만 겨레의 뜨거운 가슴들이
불덩이 같은 눈물을 터트리며
우렁찬 통일의 노래를 부르리라

님이시여!

피우지도 못한 한생을 불살라

조국을 지켰기에

자랑스러운 님의 조국

대한민국의 이름을 부르노라고

영원토록 그 숨결 이어가리라

시작노트

그해, 다시 6월은 오고
서울광장 행사장에서 시낭송을 하며
청춘의 꽃 봉우리를 피우지도 못한 채 조국을 지키다가
산화한 영령들이 꽃 빛을 잃어 가고 있다.
행사장 분위기는 정파이념에 따라 시시각각으로 변한다.
한지붕 세가족이 무색하게 하는 안타까운 마음이다.

Who Ordered You to Sleep There?

Heaven would have been their witness,
Mountains and streams would have cried
For a flower bloomed brilliantly
By the names of those who died fighting gloriously
And disappeared without a trace
For their country to have a bright morning.

June comes again.
Yet where has that broken wound gone?
Have the years of division forgotten the darkness?
You once looked as red as flowers
That are not coming back
As foundation of reunification and prosperity.

The day when the jade green sky opens,
A prelude to a majestic sunrise of Donghae
Will resound from Halla to Baekdu,
70 million people will sing a song of great unity,
Shedding hot tears that are like fireballs!

Dear Sir!

Because you burned your life

To defend the country

Before you reached your prime,

We call it the name, the Republic of Korea,

With pride

And will keep your breath forever.

작품해설

자연과 삶의 조각들의 형상화

이철호(시인, 소설가)

저자 김종대는 시인이며 문학평론가로 공무원을 퇴임하고, 또 문학회에서 10여 년을 근무하고 있다는 것은 쉬운 일이 아닐 것이다.

조직사회에서 자신의 맡은 바 일들을 충실히 해내면서 사람들과 직원들에게 존경과 사랑을 받으며 지냈던 시간은 보람 있는 길이었다.

하나의 과업에서 또 다른 과업을 성취해 갈 때마다 계단을 오르듯 삶의 단계를 높여 갈 때 생은 얼마나 살만한 것이었던가. 그리고 얼마나 충일했던가.

삶이 가져다 줄 수 있는 현실에 눈멀지 않고 내면의 세계를 직시하며 그 아름다움을 가꾸고자 하였고 마침내 꽃을 피워 내었다.

동심의 세계를 영원한 그리움으로 그 시간들을 향수하며 유년의 상념을 찾아 문학의 텃밭을 갈고 닦아 공직 시절에 시집을 내고 지금 또 보석 같은 찬란한 시집을 탄생시킨 것이다.

자연이 가져다주는 풍부하고 아름다운 서정이 살아있는 그의 시를 읽으면서 우리는 고향에 돌아온 듯이 안돈하며, 자연의 그윽한 푸르름 가운데 조용히 앉아 새소리를 듣고, 녹음 짙은 자연의 냄새를 맡으며, 염려 없이 아름다웠던 시절로 돌아가게 된다.

그리고 여기 문학회에서 자신의 온 역량을 다하는 동안 자연의 아름다움을 음미하는 시인의 감수성은 더욱 깊어져 시를 읽는 독자들의 들숨에서 자연의 숨결은 더욱 생생하게 살아 올 것이며 또 그 날숨으로 삶은 초록으로 물들지 않겠는가.

청잣빛 하늘이 열리는
여명이어라

청산의 숨결이 들리는가
산맥의 힘찬 맥박소리 들었는가

밝아오는 아침해에
백두대간은 일어서고

정선 아라리 굽이 돌아
햇빛과 바람은 샘물처럼 맑고 달거니

건너고 오르는 가슴마다 선정에 들어
청산의 영봉들이 우리를 부르네

산이여, 금수강산이여
우리는 더 높이 오를 하늘이 있고
더 멀리 달려갈 지평이 있나니

산하의 품에 안겨
가슴으로 부르는 노래이어라

〈산행 시가詩歌〉 전문

웅장하다. 마치 이육사의 '광야'를 마주하고 있는 듯한 광대한 시의 스케일을 보라.

백마가 산맥을 타고 달려오는 소리에 햇빛과 바람이 하나 되어 춤추고 있다.

'청자빛 하늘이 열리는 여명'이란 어떠한 것인가.

우주적 심호흡이 멈춘 일순간, 새벽여명에 지상의 문이 청자 빛 하늘에서 열리고 있다.

일제히 사물들이 깨어나는 소리들, 청산의 숨결이 들리고 산맥의 맥박소리가 힘차다.

밝아오는 아침해에 백두대간이 일어서고…… 우리에게 더 높이 오를 하늘이 있고 더 멀리 달려갈 지평이 있나니…… 그러므로 우리는 결코 멈출 수 없다.

광대한 시의 스케일만큼이나 시의 율격이 웅장하다. 보여지는 시의 심상들은 산야를 울리는 듯한 시의 음성으로 하여 그 웅성서러움이 더욱 깊고 넓은 것이다.

완벽한 심상과 소리의 조화가 우주적 공명으로 더욱 아름다워지는 시라 아니할 수 없다.

이러한 〈산행 시가詩歌〉의 우주적 울림처럼 크지는 않지만 아기자기 하면서도 미세한 현의 소리에도 독자는 충분히 그리고 금방 매료되어 진다.

왜냐하면 우리는 크고 귀한 어떤 것에서 뿐만 아니라 고맙게도 작고 미세한 것에서도 美를 느낄 수 있는 감각을 지니고 있기 때문이다.

그렇기에 삶의 다양성이나 문화의 다양성에서 우리가 나름의 아름다움과 정당성을 획득하는 한 과정이 가능하듯이 말이다.

어쨌든 〈숲속의 세레나데〉는 그 제목처럼 따뜻하고 사랑스럽다.

저 홀로 울리누나

휘파람새는
숲속의 음반인 양
제 목소리를
나뭇가지에 올려두고

솔잎은 현이 되어
바람의 노래 부른다

숲의 날숨이 나의 들숨에
보이는 것과 들리는 것은
자연의 숨결 생명의 소리

바위등을 타고 흐르는
계곡 물소리에
목마른 영혼이 젖는다

〈숲속의 세레나데〉 전문

이 시는 제목 〈숲속의 세레나데〉가 시사하고 있듯이 숲에서 나는 소리에 집중되어진 작고 미세한 소리들의 화음이 '너와 나의' 것으로 교감하는 정겨움이 잘 드러난 시다.

먼저 산사의 풍경소리가 울리고 있고 휘파람새는 자신의 목소리를 나뭇가지에 올려두고 음반을 켜듯 노래하고 있다.

바람이 불 때 솔잎은 현이 되어 울리고 바위를 타고 흐르는 물소리에 목마른 영혼마저 흡족히 젖어든다. 보이는 것과 들리는 것 모두가 자연의 숨결, 곧 생명의 숨을 나의 숨으로 호흡하기에 가능한 일이다.

정교하면서도 자유로운 숲의 노래는 우리 영혼의 밤에 불을 밝히는 등불이 되어 고요히 빛나고 있다.

바람이 머문
호젓한 연못에

푸른 치맛단 펼치고
물의 요정이 영혼으로 피었는가

달빛 그리움 빚어
찬연히 피운 순결한 매무새는

천상의 시간을 여는 아리아
속계와 선계를 잇는 몽환화

단아한 봉오리 사무친 정한情恨은

어느 가슴 간절한 등불이런가

〈수련睡蓮〉 전문

연못에 피어있는 수련을 보고 그려내고 있는, 바람 한 점 없는 정갈함이 무서울리만치 아름답다. 달빛 그리움이 빚어낸 수련은 물의 요정이 영혼으로 피어 천상의 시간을 여는 아리아, 속계와 선계를 잇는 천상화이다. 이처럼 완전무결한 수련, 그러나 시인은 천상의 꽃으로만 물 위에 피워둘 수 없어 사무친 정한으로 시인의 가슴에 간절한 등불로 걸어두고 있지 않은가. 시인의 가슴이 수련을 피워내는 연못이니 이 얼마나 아름다운 역설이던가.

이처럼 흠 하나 없는 고요한 자태가 오롯이 피어나는 시인의 가슴이 주름 자글거리는 할머니가 자리할 수 있을까.

참빗 머리 고이 빗고
봄의 소식을 파는 봉당 할머니
노을 빛 무게가 수국처럼 정겹다

쌈짓돈 포갠 듯
햇나물 몇 다발
다 팔아도 얼마 될까마는

빛바랜 은반지에 젖은 그리움
이고 진 세월이 가슴 아리다

〈시골 장날〉 중에서

고운 자태 아름다운 수련을 품었던 시인은 계절의 소식 파는 봉당 할머니도 똑같은 무게로 아니 오히려 더욱 정겨운 시선으로 바라보고 있다. 사물을 대하는 시인의 폭넓은 시야를 볼 수 있는 대목이다. 아름다운 것은 아름답게, 약하고 아픈 것은 더 큰 품으로 안아주고 얼러주는 것이 마땅한 시인의 눈이어야 한다. 그러한 의미에서 〈시골 장날〉에서는 우리네 서민의 애환이 정스럽게 익어가고 있다.

'참빗으로 곱게 빗은 / 계절의 소식 파는 봉당 할머니 / 노을빛 무게가 수국처럼 정겹다' 어떻게 '노을빛 무게가 수국처럼 정겹다'는 표현이 이 시에서 조화될 수 있을까. 얼굴이 큰 수국의 탐스런 무게가 노을빛에 맞물려 이색적이면서도 풍성한 정겨움을 불러 일으킨다. 이는 봉당 할머니의 어쩌면 한恨스러울 수 있는 삶을 승화하고 있어 아픔의 색조를 옅게 한다. 말하자면 '노을빛 무게가 수국처럼 정겹다'라는 표현으로 아무리 아픈 삶의 무게도 그저 아픔으로 끝나는 것이 아니라 수국처럼 아름답다는 것을 표상해내고 있는 것이다. 그러므로 행색 초라한 할머니의 햇나물 몇 다발, 그리고 할아버지의 철없는 행동조차 노을빛 무게의 아름다운 수국으로 정겨울 수 있는 것이다. 그러므로 행색 초라한 할머니의 햇나물 며 다발, 그리고 할아버지의 철없는 행동조차 노을빛 무게의 아름다운 수국으로 정겨울 수 있는 것이다. 이렇게 서민의 삶을 아름답게 빚어내고 있는 시인의 통찰력과 미적 감각은 놀랍다. 그렇다면 〈선인봉 소나무〉는 어떨까.

선인봉 암벽 틈서리
풍한서습風寒暑濕 정기 어린
적송 한 그루

바위가슴 어디까지 더듬어
원천의 샘이 흐르는가

흙 한줌 없는 뿌리의 숨결
솔바람에 들려오니

산하를 굽어보는 벼랑의 풍상은
하늘기상을 가슴에 품었구나

무언 수행 고고한 정취는
바람의 경經을 묵상한다

〈선인봉 소나무〉 전문

시인은 바윗틈 소나무의 끈질긴 생명력에 주목하고 있다. 흙 한 좀 없는 암벽 틈서리에 적송 한그루가 있다. 흙조차 없는 그곳에 물이 있을 수 없다. 그럼에도 불구하고 바위 가슴 속 어디 원천의 샘을 찾아 헤매었을 숱한 나날, 그 가쁘고 힘들었던 뿌리의 숨결을 시인은 느끼고 있다. 하지만 어느덧, 풍한서습에서 우뚝 서 산하를 굽어보는 하늘기상을 가슴에 품은 적송, 끝내 바람의 경을 묵상하는 무언수행에까지 이르렀다. 마치 한 폭의 수묵화를 그려내고 있는 듯한 이 아름다운 비경은 끈질긴 집념이 마침내 도달하고 있는 생명성을 앙양하고 있다. 마치 이미 득도한 자의 모습으로 서 있는 적송 한 그루 그러나 얼마나 많은 날의 싸움이 있었는지, 그저 하루라도 분투하지 않으면 안 되었다. 그림처럼 서 있는 지금조차도 조용하지만 사력을 다하여 싸우고 있는 우리네 삶의 모습을 보여주는 것은 아닌지.

소풍 가던 길
소년은 다시 어제가 되어
그 길을 걸어 갑니다

한 굽이 돌면
찔레꽃잎 떠가는 오월의 도랑물
풍금소리처럼 흘러가고

두 굽이 돌면
반짝이는 반딧불 사랑에
소쩍새는 음정을 낮춥니다

들풀 연기로 모깃불 피워
멍석에 누워 별을 세면
옥수수는 쑥쑥 제 키를 세워
저만큼 고갯길 넘어가고 있었습니다.

굽이 굽이 걷던 길
이제 그 길은 내 맘속에 휘휘 돌아
기차표 검정 고무신에
아주까리 잎새 머리에 쓰고

소낙비 내리는 오후
뛰어가던 소년은 없고
모서리 닳은 그리움만
달구지에 켜켜이 앉아 있습니다

〈아득한 길〉 전문

누구나 어린 시절이 있었고 80년 대 이전을 살았던 이들에게는 이와 똑같은 풍경으로 그 시적이 아름드리 가슴에

드리워져 있었을 터, 절제된 언어로 이토록 섬세하게 유년의 오월을 그려낼 수 있을까. 풍금소리처럼 흘러가는 찔레꽃잎, 반딧불이 사람에 살며시 음정을 낮추는 소쩍새, 모깃불 피워 놓고 멍석에 누워 별을 세면 제 키를 세운 옥수수는 고갯길을 저만큼 넘어 풍성하게 그 시절을 그려내고 있다. 그러나 '다시 어제가 되어 그 길을 걸어가는' 소년이 되는 것만으로 행복하지 않은 것일까. 마지막 연은 무엇인가 시의 긴장감과 그 긴장감이 배태하고 있는 삶의 짙은 향수를 오히려 약화시키고 있는 듯한 아쉬움을 느끼게 한다. 그럼에도 불구하고 이 시가 향토색 진한 그리움으로 울려오고 있는 것은 비록 시간의 허울 속에 외양은 늙어가지만 여전히 시인에게 동심이 있기에 가능한 일이리라.

〈아카시아 향기〉에서는 어린 시절 맡았던 향기가 세월에 흩뿌려져 바래지지 않고 지금도 선연함을 보여주고 있는 시다.

오월은 그리움으로 핀다

함박눈 쌓인 듯
휘어진 가지마다
간절한 향기에
정신이 다 아득하다

꽃내음에 취한
벌들의 날갯짓이 요란해지고
순간의 행복이 영원처럼
대책 없이 마음을 흔드는데

아카시아 향기는
오래된 기억 너머
젖은 그리움으로 피어난다.

〈아카시아 향기〉 전문

첫 연과 마지막 연을 보라

'오월은 그리움으로 핀다' 그리고 '아카시아 향기는 / 오래된 기억 너머 / 젖은 그리움으로 피어난다'는 시의 짜임새를 견고히 하고 있는 마치 낚시대에 걸린 물고기를 끌어올리기 직전의 팽팽한 긴장감을 느끼게 하는 구성이다. 분명 시인에게 오월과 아카시아 향은 동일어로 여겨지지 않았을까. 시인에게 있어 그리움이 피어나는 매개가 오월과 아카시아 향이기 때문이다. 그 짙은 그리움은 2연과 3연에 있다. '함박눈 쌓인 듯 / 휘어진 가지마다 / 간절한 향기에 / 정신이 다 아득하다' 어쩌면 소담스런 그 아카시아 향을 이토록 직설적이면서도 정확학 표현해 낼 수 있을까. 다음 3연에서는 '꽃내음에 취한 / 벌들의 날갯짓이 요란해지고 / 순간의 행복이 영원처럼 / 대책 없이 마음을 흔드는데'말하는 대목에서는 대책 없이 흔들리고 있는 시인의 마음을 읽게 되는 것이다. 어째든, 늘상 보면서도 어떻게 아카시아와 그 향기를 표현해낼지 의아했던 독자이고 보면 시인의 〈아카시아 향기〉는 정신이 아득해질 만큼 황홀한 시임에 틀림없을 것 같다.

이렇듯 〈아카시아 향〉에 취하였다가 〈억새〉에 이르면 가을바람의 소슬함을 읽게 된다.

소슬한 바람결에
수런거리는 억새꽃의 선율
하얀 파도가 밀려온다

……

빛 사위어 가는 들판
북방군 편대 기러기는
옛 영토를 점령하려는 듯
볏가리 논을 군무하는데

감나무 홍시 쪼는 산까치는
저 혼자만 모르는지

〈억새〉 중에서

자세히 읽다보면 이 시가 가을바람의 소슬함만을 가지고 있는 것은 아니다. 〈아카시아 향〉처럼 아득한 향기에 정신이 혼미할 정도는 아니지만 황금벌판 물결치는 억새의 노래에 기러기 떼 군무 아름다운 가을을 읽을 수 있다. 더불어 마지막 연 '감나무 홍시 쪼는 산까치는' 이 대자연의 노래 소리와 춤도 즐길 줄 모르는, 약간의 조소 섞은 안타까움이 시의 멋을 고조시키고 있다.

〈장독대에 가을이 오면〉은 잃어버린 장독들이 그리워지게 한다. 김치냉장고 속에 독이 들 리가 없다. 어린 시절 장독들이 하나둘 옹기종기 모여 있는 장독대는 그대로 정겨웠지 않은가.

영롱한 이슬 터는
투영한 바람이
꽃 잎새에 파동한다

가을 장독대에
애틋하게 얼굴을 내민
채송화, 분꽃, 봉선화
푸르던 계절이 여물어간다
……

〈장독대에 가을이 오면〉 중에서

옹기종기 모여 있는 장독대 주위로 바람이 불고 있다. 그 바람은 영롱한 이슬을 터는 맑디맑은 바람이다. 채송화, 분꽃, 봉선화가 장독대 주위에 피어나 푸르던 계절을 지나 한아름 꽃을 피우고 있는 그 옆에 키 큰 코스모스는 가을 엽서를 쓰고 있다. 이 모든 것이 장독대에 정겨웠던 실제 풍경들이다.

교교히 흐르는 달빛
강물이 은물살로
조각나고 있다

유영하는 고기들 입질만
잠든 강물을 밀어내기라도 하듯

버드나무 커튼 사이
숲을 연주하는 물새 소리는
무반주 하프 선율이어라

……

〈강가에서〉 전문

시인은 자연의 일부를 이토록 정교하고 맛깔스럽게 그려

낼 수 있을까. 시인의 모든 시에서 그려지고 있듯이 이 시 또한 시인의 자연에 대한 안목과 통찰을 여지없이 드러내고 있다. 이러한 자연에 대한 섬세함은 시인의 자연에 대한 사랑에서 비롯되었을 터. 만약에 시인이 그러한 자연 속에서 살을 부대끼며 사계절을 나지 않았다면 과연 가능한 일일까. 이렇듯 독자로 푸른 자연의 숨결을 호흡할 수 있게 하는 시인의 '자연 예찬'에 머리 숙여 감사할 수밖에.

물안개가 피는 언덕 그 아래로 물살이 은빛으로 부서지고 있다. 유영하는 고기의 입질은 생존을 위한 무던한 애씀이 아니던가. 물새 소리가 고기의 집질 안으로 유쾌하게 낙하하고 있다.

반면 시인은 버려진 한 목선을 통해서 삶이란 무엇인지 깊이 관조하고 있는 〈소래포구 폐선〉은 전혀 다른 색깔로 독자의 심금을 울려주고 있다.

낡은 목선이
갯골에 박혀
바다로 떠나지 못하는
애수哀愁가 있다

찢겨진 깃발
빛바랜 어구들만이

늙은 어부의 풍장소리
잊은 지 오래인 듯

디젤 발동기 침묵에
만선의 추억을 묻고
애잔한 고독의 무게는
바다의 이야기를 듣는다

〈소래포구 폐선〉 전문

삶이란 무엇인지 묻고 있는 것처럼 느껴지는 우수어린 시다. 특별히 생물학적 시간이 이 땅을 떠나가야 할 기약쯤에 이른 이에게 이 낡은 목선은 그저 목선만으로 보여지지 않을 터, 더욱 더 아프게 〈소래포구 폐선〉을 바라보며 이 땅에서의 정처없음을 보게 된다. 어디에 마음을 두어야 할지 바다도 떠나지 못하는 애수 속에서도 그저 갯골에 박혀 있는 먹선임에야.

이미 늙은 어부의 풍장소리도 잊어버릴 만큼 깃발과 어구들 세월을 먹고 낡아가고 있다. 애잔한 고독의 무게는 곧 생의 무게가 된다.

길 잃은 영혼이
나직하게 불러 보는

거룩한 이름이 있습니다
진리의 이정표를
뜬 구름에 걸어두고

어디쯤 가고 있는지
담금질만 하는
분별없는 영혼입니다

……

〈묵상〉 중에서

길 잃은 영혼의 진솔한 고백이 가슴을 짠하게 한다. 아직 온전히 신앙에 눈을 뜨지 못했지만 진리를 갈구하고 있는 곤고한 영혼의 겸손한 기원이 아름답다. 하지만 시인은 진리를 찾고 싶고 진리 가운데 걸어가고 싶지만 또 한편 진리 가운데 서기를 두려워하는 마음을 '진리의 이정표를 뜬 구름에 걸어두고'라고 표현해 내고 있다. 굳이 길가에 서 있는 이정표를 가져다 구름에 걸어둘 이유가 만무하다. 그러므로 시인은 자신을 표현하기를, 담금질만 하는 분별없는 영혼으로 스스로를 정의하고 있는 것이다. 정말, 영적 지혜와 변화가 필요하다는 자각이 시인의 깊은 내면으로 로마서 12장 2절은 이끌고 있으리라. "너희는 이 세대를 본받지 말고 오직 마음을 새롭게 함으로 변화를 받아 하나님의 선하시고 기뻐하시고 온전하신 뜻이 무엇인지 분별하도록 하라”

하늘은 알았으리라
산천도 울었으리라
겨레의 눈부신 아침을 위해
흔적도 없이 산화된 이름들이
찬연히 피운 한 떨기 꽃을

다시 6월은 오고
동강난 상처가 언제이던가
분단의 세월이 어둠을 잊었는가
통일 번영의 초석으로
꽃잎처럼 붉던 님은 돌아오지 않네

청잣빛 하늘이 열리는 날
동해의 장엄한 일출의 서곡이
한라에서 백두까지
7천만 겨레의 뜨거운 가슴들이
불덩이 같은 눈물을 터트리며
우렁찬 통일의 노래를 부르리라

님이시여!

피우지도 못한 한생을 불살라

조국을 지켰기에

자랑스러운 님의 조국

대한민국의 이름을 부르노라고

영원토록 그 숨결 이어가리라

〈님은 누구의 명령으로 잠들었는가〉 전문

〈님은 누구의 명령으로 잠들었는가〉는 제목이 많은 부분을 시사하고 있는 바, 의미의 집약성과 반어적 물음이 만들어내는 울림이 장엄할 뿐 아니라 조국을 위한 장렬한 산화를 읽어낼 수 있기에 머리 숙여 예를 표하지 않을 수 없다.

시 또한 조국을 위해 산화한 어린 영령들을 추모하고 있는데, 그 웅장한 스케일과 장엄함이 온 산천과 하늘을 울리고 있다. 그러면서도 조국을 위한 그들의 헌신을 잊고 있는 현실을 안타깝게 여기고 있는 바, 다시 6월은 오지만 동강난 상처가 언제인지, 분단의 세월을 어둠을 잊은 현실을 안타깝게 묻고 있다. 오늘, 그들의 충정을 쉬이 잊어버린다면 누가 이 땅을 지켜줄 것인가. 추모시로써 뿐 아니라 애국시로써 나라 곳곳, 방방곡곡에서 6월뿐 아니라 매월마다 울려 퍼져야 마땅하리라. 장엄한 율조는 낭송시로써는 더 큰 울림으로 우리들 가슴에 더 깊이 님을 새기게 한다.

김종대 시인의 시는 조금도 흐트러짐이 없다. 군더더기 없이 잘 매무시된 긴장감 있는 근육질을 마주 대하고 있는 느낌이랄까. 그러면서도 인간적인 냄새가 아니라 동심어린 자연의 푸르름을 부시고 있으니, 시인의 가슴에는 퍼내어도 퍼내어도 줄지 않는, 오히려 자꾸만 솟아나는 샘물 같은 오롯한 자연이 살아 있는 것만 같다. 그리하여 독자에게 매 시편마다 결코 낡지 않은 그러나 오래된 아늑한 숲 같은 자연을 선사하고 있는 것이다. 비밀과 신비가 가득한 그러나 시인의 시를 열면 우리가 그 품에 들어 산딸기며 머루며 청미래를 따고 한 아름 들꽃과 산꽃들을 꺾어 올 수 있는 것이다.

그러면서도 시인은 삶의 관조하는 폭넓고 깊이 있는 시야는 삶의 의미를 돌아보게 하며 오늘 하루를 어떻게 살아가야 하는지 또 내일은 어떠해야 하는지 독자에게 묻고 있다. 이는 존재하는 것의 근원성에 대한 물음일 뿐만 아니라 그 존재성의 의미에 대한 물음이기도 하다. 그러므로 시인은 그 대답을 로마서 12장 2절에서 찾고 있는 듯이 보여진다. 진리를 찾고 그 진리 안에서 참 삶의 의미를 발견하고 하는 시인, 그리할 때 시인이 보여주는 벽촌의 아름다운 한 날 한 날들이 의미있는 삶의 숲을 이루어 생명 풍성한 영혼의 삶으로 인도해 가리라.

시인의 시집을 통해 시 한 편 한 편이 선사하고 있는 삶의 아름다움을 발견하는 귀한 시간이 되리라 믿는다.

김종대 제2시집

토담의 수채화

지은이 | 김종대
펴낸이 | 노용제
펴낸곳 | 도서출판 한국문인
인 쇄 | 2019년 5월 22일
발 행 | 2019년 5월 31일
등록번호 | 제2-5003호
주 소 | 04558 서울시 중구 창경궁로 1길 29 (3층)
전 화 | 02-2272-8807
팩 스 | 02-2277-1350
이메일 | rossjw@hanmail.net

ISBN 978-89-93694-53-6 (03810)
값 13,000원